MARTIN MYSTÈRE™

Le monstre de la forêt

Loi n° 49-956 du 16 juillet 1949
sur les publications destinées à la jeunesse :
janvier 2007.

www.martinmystere.com

ISBN : 978-2-266-16743-7

Martin Mystère™

Le monstre de la forêt

Gilles Legardinier
d'après un scénario
de Jeffrey Alan Schechter

POCKET
jeunesse

Direction opérationelle
du centre

FICHES D'IDENTIFICATION CONFIDENTIELLES

AGENTS SPÉCIAUX

AFFECTÉS AUX AFFAIRES PARANORMALES

MARTIN

Jeune, sportif, Martin est toujours prêt pour l'aventure et l'action. Il est irrésistiblement attiré par tout ce qui est étrange et de préférence gluant, ce qui dégoûte sa sœur! Agent spécial volontaire, il remplit les missions les plus incroyables, affrontant aliens de tous poils et créatures diaboliques.

Commentaire de Mom, directrice du Centre : « Garçon plein de charme mais dont les idées tordues peuvent aussi bien sauver le monde que provoquer des dégâts très coûteux. »

CONFIDENTIEL

DIANA

Contrairement à Martin, son demi-frère, Diana est studieuse, sérieuse, ponctuelle et raisonnable. Elle est connue pour ses remarquables qualités intellectuelles. Par contre, lorsqu'il s'agit de passer à l'action, elle n'est plus aussi douée... Avec son grand frère, elle fait des étincelles, dans tous les sens du terme.

Commentaire de Mom, directrice du Centre : « Jeune fille séduisante et intelligente, qui ne supporte pas les blagues de son frère. »

CONFIDENTIEL

JAVA

Fidèle complice de Martin et Diana, Java est un homme de l'âge de pierre ramené d'une mission trans-dimensionnelle.

Remarquablement en forme malgré ses vingt mille ans, il leur prête son incroyable force physique dans les missions les plus dangereuses. Plutôt craintif, il lui arrive de se comporter comme un enfant de quatre ans…

CONFIDENTIEL

MOM

Cette femme aussi belle que mystérieuse est la directrice du Centre et supervise d'une main de fer toutes les enquêtes paranormales secrètes à travers le monde. Elle a un faible pour les inventions révolutionnaires et pour son agent le plus délirant et le plus doué, Martin Mystère !

CONFIDENTIEL

BILLY

Ce petit extraterrestre qui ne se déplace qu'à bord de sa mini-soucoupe volante est l'assistant personnel de Mom. Il rêve d'avoir autant de succès que Martin avec les filles et autant de courage dans les missions. Même s'il a peur de tout, on peut toujours compter sur Billy pour donner la bonne information au bon moment...

CONFIDENTIEL

L'homme n'était pas du genre à avoir peur, et pourtant un frisson de terreur le parcourut. Il était à bout de souffle, mais se remit à courir entre les arbres aussi vite qu'il le pouvait. Cela faisait des années qu'il était garde forestier dans cette forêt, et jamais il n'avait été effrayé. Ni les ours sauvages, ni les sangliers, ni les loups ne l'avaient fait trembler. Mais là il s'agissait d'autre chose.

L'homme bondit par-dessus une énorme branche qui lui barrait le passage. Le hurlement de la bête résonna dans toute la vallée. « Mais qu'est-ce que c'est ? » se demanda-t-il, le ventre noué. La sueur ruisselait sur ses tempes.
La bête était derrière lui, le craquement des branches brisées ne laissait aucun doute. Le garde forestier essaya encore une fois d'activer son talkie-walkie, mais au fond de la vallée, il ne captait pas. Un nouveau rugissement monta, plus proche. L'homme était traqué par un animal qui avait plutôt l'air d'un monstre ! Dans sa course, la créature faisait trembler le sol.
En débouchant dans une clairière, l'homme eut l'idée de se cacher, mais les impressionnants bruits de pas à quelques dizaines de mètres derrière le firent paniquer. La bête était sur le point de le

rattraper. Pour la première fois, il se retourna… et découvrit bien pire qu'un cauchemar. Dans la pénombre, la créature se découpait, immense. Elle ressemblait un peu à un ours, mais en trois fois plus grand et en beaucoup plus féroce. À coups de pattes, elle déchiquetait les arbres qui gênaient sa progression.

Le garde forestier gémit et se remit à courir avec l'énergie du désespoir. Le monstre était sur ses talons et il ne lui échapperait plus longtemps. Un hurlement encore plus menaçant lui glaça le sang. La bête tendit ses énormes pattes et envoya une étrange onde bleutée. L'homme fut touché dans le dos en pleine course. La décharge d'énergie le propulsa en l'air comme le souffle d'une bombe. Son corps heurta un tronc et retomba sur le sol, désarticulé tel un pantin.

L’homme était sonné. Il se tourna péniblement sur le côté et vit avec effroi que la bête approchait. Elle était encore plus grande qu’il ne l’avait imaginé. Ses pattes n’avaient que trois doigts. Son visage était couvert de bourrelets qui laissaient à peine deviner deux petits yeux noirs enfoncés. Le garde pouvait sentir son souffle nauséabond. Il couvrit son visage avec ses bras pour se protéger. La bête se mit à rugir, révélant les dents d’une bouche immense... D’un geste vif, elle saisit l’homme par les jambes et l’entraîna au fond des bois.

Un cri terrifiant monta de la forêt. Les oiseaux, effrayés, s’envolèrent à des kilomètres à la ronde.

chapitre 2

L'université de Torrington était aussi réputée pour la beauté de ses bâtiments anciens que pour la qualité de l'enseignement qu'on y dispensait. Depuis des siècles, les étudiants du monde entier se pressaient pour s'y inscrire. Les boiseries polies par le temps et les fenêtres en ogive n'avaient cependant pas empêché Martin de transformer sa chambre en un lieu bien à lui. Au milieu d'un désordre absolu, il jouait à un jeu vidéo avec sa sœur, Diana, sous le regard perplexe de Java.

– C'est incroyablement énervant ! s'exclama Diana en se crispant avec rage sur sa manette de jeu. Quel tunnel je dois prendre pour aller à la chambre du trésor ?!

Sur l'écran, son personnage était pris dans une série de pièges. En quelques pas dans ce labyrinthe virtuel, Diana s'était fait écraser, arracher un bras et presque décapiter. Même Java avait compris que son temps était compté...

– Tu vas crever ! lui lança Martin, hilare, pendant que son propre personnage traversait les épreuves avec agilité.
– C'est un jeu de crétins ! Normal que je ne sois pas bonne !
– Si ça te plaît de le penser, mais tu vas y rester ! Tu es censée être un guerrier, alors fais appel à ton instinct !
– J'avoue que je n'ai pas eu l'occasion de me servir de mon instinct de guerrier depuis longtemps, il est un peu fatigué. Et puis tous ces couloirs se ressemblent et...

Un éclair violet illumina soudain l'écran et le personnage de Diana explosa en mille morceaux.
– Je te l'avais dit, fanfaronna Martin. T'as perdu !
Java se mit à rire en regardant les bras et les jambes du personnage voler dans le décor.

Diana serra les poings. Elle était vexée à mort. Elle, la surdouée, se faisait ridiculiser par un jeu vidéo…

– Allez, une autre partie ! s'exclama-t-elle.

– D'accord, mais c'est quitte ou double…

– C'est-à-dire ?

– Si tu perds, tu devras nettoyer ma chambre et faire ma lessive…

Diana jeta un coup d'œil autour d'elle. D'un air dégoûté, elle souleva une vieille chaussette échouée au pied de sa chaise.

– A-t-elle été blanche un jour ?… Et cette chambre, comment dire… On pourrait croire qu'elle a été ravagée par une bombe ! Une bombe qui aurait été cachée dans une poubelle…

Java éclata de rire. Martin se pencha vers Diana et, sur le ton de la confidence, lui dit :

– Sœurette, si tu veux percer les secrets du labyrinthe, il va falloir faire quelques sacrifices...

Le téléphone posé sur un coin du bureau se mit à sonner. D'un mouvement ultra précis, Martin donna un petit coup de pied dedans et le combiné atterrit directement dans sa main. Avec un clin d'œil à sa sœur, il décrocha :
– Chambre des mystères, Martin à l'appareil.
– Salut, fiston, c'est Papa.
– Papa ! Comment vas-tu ? Où es-tu ? Voilà des semaines qu'on est sans nouvelles !
– J'étais coincé dans une expédition un peu compliquée. Je te raconterai. Justement, je me suis dit que ça faisait longtemps qu'on ne s'était pas vus, alors j'ai eu une idée...

Un peu inquiet, Martin attendait la suite.
– Comme je suis en mission dans une forêt pas très loin de l'université, j'ai pensé que vous pourriez me rejoindre, ta sœur et toi. Que diriez-vous d'un peu de camping ?
– Génial, je suis toujours partant pour une expédition surprise !
– Formidable ! Avec toi et Diana à mes côtés, ce sera comme des vacances. On va bien s'amuser ! N'oublie pas d'apporter ta brosse à dents et des chaussettes propres !
– Papa, je ne suis plus un gamin…
– Elle est bien bonne, celle-là ! Bon, je t'envoie ma localisation par mail et je vous attends !

Son père raccrocha avant que Martin ait eu le temps d'ajouter quoi que ce soit. Diana se cramponna à sa manette en fixant l'écran comme une folle, prête à prendre sa revanche.

– Diana, on a rendez-vous avec Papa quelque part dans une forêt pour passer plusieurs jours ensemble.
– On verra ça après. Je suis remontée à bloc, mon instinct de guerrier se réveille grave !

Martin fronça les sourcils et insista :
– Diana, s'il te plaît, c'est sérieux…

Comme arrachée à son rêve, Diana sembla comprendre ce que son frère venait de dire.

– Toi, tu as dit que quelque chose était sérieux ?

– C'était une façon de parler.

– Si on doit prendre des vacances, on ferait mieux de prévenir le Centre…

Avant même que Diana ne puisse finir sa phrase, un bip familier se fit entendre. Martin et sa sœur échangèrent un regard étonné.

– Ça venir de l'écran, précisa Java en désignant l'ordinateur qui émergeait à peine du fouillis sur le bureau.

– Le moins que l'on puisse dire, commenta Martin, c'est que le Centre tombe toujours au bon moment…

Un halo luminescent s'échappa de l'écran.

– Allez ! fit Martin, il est temps de partir au boulot !

Il se jeta le premier dans la lueur, suivi de près par sa sœur puis par Java.

chapitre 3

Les trois jeunes agents se tenaient debout dans une pièce aux formes futuristes. Un rayon laser les balayait d'une étrange clarté. La voix métallique de l'ordinateur de sécurité résonna :

– Identification : Martin Mystère. Identification : Diana Lombard. Identification : Java des Cavernes. Accès autorisé.

Devant eux, le sas automatique s'ouvrit et un immense hall apparut. Le Centre était impressionnant. Il ressemblait aux bureaux d'une grande entreprise, mais tous ceux qui y travaillaient s'occupaient exclusivement de missions secrètes, le plus souvent liées à des phénomènes inexpliqués...

– Eux, ils font le ménage de façon régulière, ironisa Diana.

– Tu es sûre ? Je crois plutôt qu'ils sont imbattables aux jeux vidéo et que leurs adversaires malchanceux ont été obligés de nettoyer pour eux...

Une minuscule soucoupe volante apparut à l'autre bout du hall et vola vers eux.

– Salut, tous les trois ! lança le tout petit extraterrestre vert assis dessus. Alors, cette partie de jeu vidéo ?

– Salut, Billy ! lança Martin.

La soucoupe s'immobilisa.
– Dis donc, s'exclama Diana en pointant un index accusateur, d'abord tu nous appelles juste au bon moment, et ensuite tu es au courant que nous étions en train de jouer à ce jeu vidéo de malheur... Tu nous espionnes ou quoi ?

Billy devint tout blême et bafouilla :
– Mais non, heu, bien sûr que non, quelle idée... On n'espionne jamais nos agents, c'est contraire à nos règles et ce ne serait pas correct... Bon, c'est pas tout ça, mais Mom nous attend et vous savez qu'elle déteste attendre...
Trop content d'avoir trouvé un prétexte, Billy s'élança vers le bureau de la directrice.

Martin et Diana la connaissaient depuis longtemps maintenant, mais ils étaient toujours impressionnés par Mom. Pour sa part, Java n'avait toujours pas compris qui elle était vraiment. Il savait juste qu'il ne devait pas jouer avec les gadgets posés sur son bureau.

– Bonjour, agents spéciaux ! lança Mom de sa voix autoritaire. Il paraît que vous souhaitez prendre un peu de vacances pour aller camper avec votre papa ?

Une fois encore, Martin et sa sœur échangèrent un regard surpris.
– Comment le savez-vous ? interrogea Martin.
– Je pourrais vous le dire, agent Mystère, mais je serais alors obligée de vous muter dans notre centre opérationnel du pôle Nord pour des questions de sécurité...
– Tu as de la chance, souffla Diana à son frère, elle n'a pas dit qu'en plus elle

t'arracherait la langue pour t'empêcher de parler aux pingouins…

Martin hésita à sourire.
– Tout bien réfléchi, reprit-il, je préfère ne pas savoir. Finalement, ce n'est pas très important !
– Sage décision, commenta Mom. Et pour ce qui est de vos vacances, je pense qu'elles vous feront le plus grand bien. Allez respirer le grand air et revenez-nous en pleine forme.

Java se pencha pour poser une question :
– Java partir en vacances aussi ?
– Je ne suis pas certaine que ce soit une bonne idée, répondit Mom. Pour Martin et Diana, il s'agit d'abord d'une réunion de famille, d'un bon moment avec leur père.
Java baissa tristement la tête.

– Ne t'inquiète pas, Java, le consola Diana, nous ne serons absents que quelques jours. Et puis, ce n'est pas comme si nous partions en mission. Avec Papa, rien d'excitant. Il étudie, il mange, il dort et pendant tout ce temps-là, il parle… Même en dormant !

Martin ajouta :
– Tu sais, je suis certain qu'ici tout le monde va prendre soin de toi et trouver de quoi t'occuper.

Java retrouva le sourire. Il n'avait pas tout compris, mais il sentait que ses amis ne l'abandonnaient pas.

Martin allait quitter le bureau de Mom lorsque celle-ci le rappela :
– Pas si vite ! Vous devez d'abord me rendre votre chrono-scan.

– Mais je ne le quitte jamais…
– Imaginez que votre père déclenche un tir laser en voulant régler l'heure…
– Évidemment, ça ferait désordre.

À regret, Martin retira sa montre et la posa sur le bureau de Mom.
– Ne faites pas cette tête. Et puis je ne vais pas vous laisser partir sans un peu de matériel !
L'œil de Martin se mit à briller. Mom reprit :
– Pour vous consoler, je vous ai préparé un équipement spécial camping. Le service des gadgets spéciaux s'est surpassé.

Mom sortit une boîte longue et plate du tiroir de son bureau. Elle ouvrit le couvercle. De minuscules appareils étaient alignés dans une série de petits compartiments.

– Tente autogonflable, four à micro-ondes de poche avec batterie incorporée, système de home cinéma satellite à effet surround, rien ne manque !

Mom était fière de son matériel.

– Je vous remercie, fit Martin. Mais pour être franc, je préfère le camping traditionnel. J'aime l'idée de devoir me débrouiller par moi-même, vous savez, avec un couteau, de la ficelle et de bonnes vieilles techniques de survie…

Java, lui, n'était pas du genre à regarder ces fabuleux gadgets sans y toucher. Pendant que Martin expliquait ses idées sur l'aventure, il attrapa un des petits engins au hasard et le fit tourner entre ses doigts maladroits.

– Quoi être ce joli bouton rouge ? demanda-t-il, juste avant d'appuyer dessus…

Aussitôt, un énorme canot de secours se déplia, bousculant les meubles et envahissant l'espace du bureau. Tout le monde se retrouva écrasé contre les murs, Mom et Billy aussi, et l'engin continuait à se gonfler. Mom, furieuse, le visage plaqué contre la paroi vitrée, avait du mal à articuler.

– Tout compte fait, râla-t-elle, je vais ranger ces petites merveilles ! Vous n'êtes pas prêts pour la technologie révolutionnaire…

chapitre 4

Le 4x4 dévalait une route défoncée au cœur de l'immense forêt de Turndurot. De chaque côté de la route, les arbres étaient de plus en plus hauts, et l'ambiance de plus en plus sinistre. Martin se cramponnait à son volant et Diana se tenait à ce qu'elle pouvait pour éviter de rebondir dans tous les sens.

– C'est encore loin ? demanda-t-elle entre deux cahots.

– D'après les indications de Papa, on ne devrait pas tarder à arriver. De toute façon, vu que c'est au bout du monde, on ne pourra pas aller plus loin !

En roulant dans une ornière, la voiture fit une embardée et fonça vers un énorme tronc. Diana poussa un cri :

– Au secours, je suis trop jeune pour mourir !

– Et pour conduire ! plaisanta Martin en redressant avec efficacité.

La voiture reprit sa trajectoire sur le chemin de plus en plus étroit. Les pare-chocs repoussaient les branches.

– Il ne doit pas y avoir beaucoup de passage par ici, marmonna Diana.

– Et on le comprend, renchérit Martin. C'est loin de tout, pas un seul resto, pas une boîte de nuit pour faire la fête ! C'est une autre planète. Vivement qu'on retourne dans le monde civilisé !

Au loin devant eux, ils aperçurent un vieux pont délabré.
– Ne me dis pas qu'il va falloir traverser cette ruine ! murmura Diana avec un frisson.
– Je crois que si, à moins que tu ne veuilles porter la voiture au-dessus du ravin.
– Un ravin !

En arrivant sur le pont, Martin accéléra. Les planches étaient vieilles et les câbles de sécurité rongés par la rouille. Le seul moyen d'avoir une chance de franchir l'obstacle était de foncer...

Martin rectifia sa trajectoire et appuya sur l'accélérateur. Diana ferma les yeux en gémissant. Le 4x4 s'élança comme un missile. Sous le véhicule, le pont tremblait. Les craquements étaient effrayants. Lorsqu'ils atteignirent l'autre rive, Martin soupira de soulagement et jeta un coup d'œil à sa carte.

– Diana, tu peux ouvrir les yeux, nous sommes toujours vivants. Maintenant, j'ai une bonne et une mauvaise nouvelle, laquelle veux-tu en premier ?

– La mauvaise !

– Si je me fie aux indications, il va falloir que nous tournions à droite dans moins de cent mètres...

– Mais il n'y a pas de chemin...

– C'est pour cela que c'est une mauvaise nouvelle !

– Et la bonne ?
– Nous avons une roue de secours, deux fusées de détresse et le reste de mon vieux sandwich pour survivre au fond de cette forêt...

La voiture roula dans un trou et Diana se retrouva à moitié étranglée par sa ceinture de sécurité.

La dernière partie du trajet ne pouvait se faire qu'à pied. Sac sur le dos, les deux jeunes gens se frayaient un chemin à travers les bois. Lorsqu'ils aperçurent le campement, ils éprouvèrent un réel apaisement.

Leur père, Harry, avait installé ses tentes dans une jolie clairière entourée de rochers, près de laquelle coulait une rivière. L'endroit était très agréable,

le feuillage des arbres filtrait la lumière du soleil et le flot glougloutait doucement. Au centre de la clairière, près d'un feu de camp, il avait aligné son matériel de recherche sur des tables de fortune et l'avait protégé par un grand drap.

En apercevant sa silhouette, Martin et Diana sentirent monter une bouffée de joie. La ressemblance entre le père et le fils était frappante, et à voir marcher Harry, on pouvait facilement deviner de qui Martin tenait sa maladresse…
– Ah, les enfants ! Vous voilà enfin. J'étais presque inquiet. Vous avez traîné en route ou quoi ?
– Bien sûr, on s'est arrêtés dans tous les centres commerciaux de la forêt !

Harry éclata de rire et enlaça ses enfants.

– Alors, comment vont les études ?
– Plutôt bien, répondit Diana.
– Je m'en doute, ma puce, je suis certain que tes notes battent des records. Ma question s'adressait plutôt à Martin…

Martin, vexé mais décidé à passer un séjour agréable, changea rapidement de sujet :
– Et toi, papa, sur quoi travailles-tu ?
– Venez, je vais vous montrer.

Harry entraîna ses enfants vers les tables d'étude. Il souleva le drap et dévoila une série de moulages en plâtre et des appareils en tous genres. Il désigna l'un des moulages, qui avait une curieuse forme de patte.
– Ces empreintes ont été découvertes dans la région par des bûcherons. Elles appartiennent à une espèce de mammi-

fère inconnue. Ce qui est étrange, c'est qu'elles associent des caractéristiques humaines à des particularités qui feraient plutôt penser à un fauve. Vu la profondeur des traces, l'animal doit être lourd et se tenir debout sur ses pattes arrière.

Intrigués, Diana et Martin se penchèrent pour étudier l'empreinte de plus près.
– Fantastique ! s'enthousiasma Martin. Ce n'est certainement pas un animal normal qui a fait ça, mais plutôt un « humanimal », moitié humain, moitié animal, comme l'homme-ours de Sibérie découvert en 1814...

Martin se redressa et vit que son père le dévisageait d'un air incrédule.
– Tu peux me dire quel genre de cours je te paie à l'université de Torrington ?

Diana vola au secours de son frère :
– Il disait ça pour plaisanter, expliqua-t-elle avec un petit rire. Pas vrai, Martin ?

Démoralisé, Martin, se contenta de répondre :
– C'est ça, encore une de mes bonnes blagues...
– De l'humour, j'adore ! s'exclama Harry. C'est vraiment très drôle ! Mais tes plaisanteries mises à part, je suis certain qu'il y a une explication rationnelle à ces traces. Comme je l'exposais dans ma célèbre intervention à la conférence de Rangoon, « seule la recherche scientifique est la clé du savoir ! ».

Martin prit la remarque comme une gifle. Décidément, son père et lui n'étaient

jamais sur la même longueur d'onde. Il baissa les yeux, dépité, et, sans rien dire, se dirigea vers la rivière.
– Eh bien, Martin, qu'est-ce qu'il y a ? demanda son père. Où vas-tu ?

Sans même se retourner, Martin répondit :
– Puisque je ne sers à rien avec mon imagination, je vais essayer de nous trouver de quoi dîner...

Le père comprit qu'il y avait un problème, mais sans vraiment saisir lequel. Il se tourna vers sa fille :
– Qu'est-ce que j'ai dit pour qu'il réagisse comme ça ?

chapitre 5

Debout au milieu de la rivière, de l'eau jusqu'aux genoux, Martin, immobile, brandissait un harpon de fortune qu'il s'était confectionné avec une branche taillée en pointe. Il scrutait le flot, prêt à lancer son arme sur le premier poisson qui passerait.

De la rive, Diana l'observait, amusée.

– Si tu pouvais attraper des coquilles Saint-Jacques ou une entrecôte de bœuf

avec des pommes de terre sautées, je serais bien contente !
– Tu peux rigoler, rétorqua Martin, mais si tu as le choix entre mon poisson frais et les boîtes de conserve de Papa...
– Ton poisson frais ?
– Celui que je vais capturer... Maintenant !

D'un geste sec et précis, Martin projeta son arme. Le harpon plongea dans l'eau à une vitesse fulgurante pour frapper une belle truite. Avec fierté, Martin remonta son arme, exhibant sa prise.
– Rien de tel que les méthodes ancestrales pour survivre en pleine nature. Alors, tu préfères toujours les vieilles saucisses en boîte ?

Diana était impressionnée... Jusqu'à ce que le poisson, à force de gigoter, se

dégage et replonge dans la rivière, échappant à son chasseur.
– Oh non !
Martin se jeta à sa poursuite, plongeant dans la rivière en tenant avec fermeté son harpon. Quelques secondes plus tard, il refit surface, bredouille.

Diana éclata de rire :
– À l'issue de ce fascinant match entre l'homme et la nature sauvage, le score est de 1 pour les poissons et 0 pour Martin Mystère ! Au fait, je te garde quelques vieilles saucisses ou tu préfères mourir de faim ?

Martin, dégoulinant d'eau, allait lui répondre lorsqu'il sentit ses jambes tirées en arrière.

– Mais qu'est-ce qui m'arrive ?
Tout à coup, il fut entraîné sous l'eau. Il se débattit, éclaboussant tout autour de lui à grands remous.
– Martin, qu'est-ce qui se passe ?
Le jeune homme ne répondit pas et disparut subitement sous la surface. Sur la berge, Diana resta pétrifiée.
– Martin, Martin ! Arrête tes blagues débiles, sors de l'eau ! N'espère pas me faire croire que ta truite a décidé de se venger !
Martin ne réapparaissait pas. Le flot coulait, rapide, sans aucun signe de vie. Au bord de la panique, Diana cria de plus belle :
– Martin, Martin ! Papa, au secours !

En entendant l'appel à l'aide de sa fille, Harry posa précipitamment ses moulages et fonça vers la rivière.
– Que se passe-t-il ?

– Martin a disparu ! Quelque chose l'a entraîné sous l'eau !
Sans hésiter, le père se précipita dans la rivière en appelant son fils. Diana le rejoignit et traversa jusqu'à l'autre berge pour vérifier que son frère n'avait pas échoué dans un buisson. Ils fouillèrent tous les deux la rivière sans relâche, n'hésitant pas à plonger plusieurs fois dans l'eau.

Ils furent soudain surpris par un éclat de rire venant de la rive. Martin était sur le bord, fier de son tour, devant son père et sa sœur trempés jusqu'aux os...

Diana explosa de colère :
– Cette fois, je vais te tuer !
Le père renchérit :
– Est-ce que tu te rends compte de la trouille que tu nous as fichue ? C'est stupide ! Tu as passé l'âge de ces gamineries !

Martin comprit que sa blague n'était pas bien passée. Il se sentit brusquement tout penaud.
– Désolé, je voulais juste détendre l'atmosphère…

Alors que Diana retraversait la rivière, le feuillage s'agita derrière elle. On aurait dit que quelqu'un courait dans les buissons.
Le père déclara d'une voix menaçante :
– Martin, si c'est encore une de tes plaisanteries…
– Ce n'est pas moi, je n'y suis pour rien ! Regardez, je n'ai pas bougé.

À l'évidence, quelque chose de lourd et rapide fonçait vers eux à travers les taillis. Diana, de plus en plus inquiète, recula vers son père. Elle chercha à

s'échapper de l'eau, mais il était trop tard. Le grand buisson face à elle frémit, et une immense silhouette en surgit tout à coup… qui s'effondra à ses pieds, dans la rivière.
– C'est un garde forestier ! s'exclama-t-elle.
L'homme semblait épuisé. Son uniforme était déchiqueté et il portait de nombreuses traces de griffures sur le visage.
– Aidez-moi, je vous en supplie ! murmura-t-il.

Martin et son père se précipitèrent. Ensemble, ils le saisirent sous les bras pour le maintenir au-dessus de l'eau.
– Je vous en prie, insista le garde. Il va venir m'attraper, c'est épouvantable !
Il tremblait, et personne ne pouvait dire si c'était de froid ou de peur.

– Qui vous poursuit ? interrogea le père.
Le garde, en état de choc, répétait mécaniquement :
– Il va m'attraper ! J'entends encore son hurlement ! C'est un monstre ! Je lui ai échappé de justesse. Je vous en supplie, emmenez-moi loin d'ici...
L'homme, épuisé par sa course, au plus fort de l'angoisse, jeta un dernier regard à ses sauveurs et s'évanouit.
– Il ne manquait plus que ça ! déclara le père. Aidez-moi à le ramener au campement.

À eux trois, ils réussirent à soulever le malheureux.
– Je suis sûr qu'il parle de la créature dont on a découvert les empreintes, avança Harry.
– Aucun doute, acquiesça Martin, tout à coup sur la même longueur d'onde.

– Et d'après ce qu'a raconté cet homme et les lacérations dont il a été victime, je dirais qu'il s'agit...
– D'un monstre de légende ! s'enthousiasma Martin.
– D'un plantigrade, un grand ours probablement de la famille des Selenarctus africanus, rectifia son père en fronçant les sourcils.
Martin accusa le coup.
– Mais enfin, Papa, un ours, même d'une espèce rare, n'aurait jamais pu faire une chose pareille. Un plantigrade ne s'acharnerait pas à ce point et on n'a jamais vu un ours poursuivre son adversaire avec une telle détermination ! Non, pour moi, il s'agit plutôt d'un cousin du Grand Singe Putois des Marais...
– Le grand quoi ? Tu veux parler de cette bestiole imaginaire inventée pour faire peur aux enfants dans les veillées ?

– Imaginaire ? s'indigna Martin. Alors comment se fait-il qu'il y ait un magnifique spécimen au Cen...
Pour empêcher son frère de trahir le secret du Centre, Diana lui coupa brutalement la parole :
– Vous ne croyez pas que l'on devrait d'abord s'occuper de ce pauvre homme ? On aura tout le temps, ensuite, de découvrir par quoi il a été attaqué.

Le père approuva :
– Tu as raison, Diana. Comme toujours, tu fais preuve d'une présence d'esprit admirable. J'aime ça ! Cela me rappelle une citation de ma célèbre conférence de cosmologie anthropique : « Les actes ont plus de signification que tous les discours. »
Martin leva les yeux au ciel et s'occupa de l'homme. En le saisissant à bras-

le-corps, il sentit sur lui un objet pointu et coupant.
– Qu'est-ce que c'est que ça encore ?

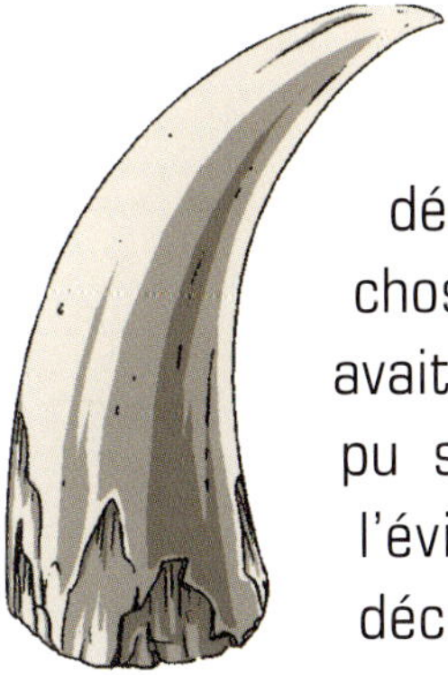

Il fouilla dans les replis de l'uniforme déchiré et découvrit quelque chose de très étrange. Si cela avait été moins épais, il aurait pu s'agir d'une griffe, mais à l'évidence Martin venait de découvrir une dent énorme.

Martin brandit sa trouvaille :
– Et j'imagine que vous allez aussi avoir une explication pour ça ? Qu'est-ce que c'est, d'après vous ? La dent de lait d'un chaton ?
Le père saisit la dent et l'observa sous tous les angles :
– Intéressant, très intéressant.

Martin commenta :
– D'après ce que je vois, cette dent est celle d'un humain. Mais par sa taille et le type d'émail dont elle est recouverte, elle ne semble même pas venir de notre planète…
Le père eut un sourire ironique :
– Tout à l'heure, nous avions affaire au Grand Singe Putois, et maintenant nous parlons d'un extraterrestre, c'est ça ?
– Il n'y a qu'un seul moyen d'en avoir le cœur net, rétorqua Martin. Partons à sa recherche.
– C'est la théorie la plus délirante que j'aie jamais entendue ! déclara Harry.

Il jeta un dernier coup d'œil à la mystérieuse dent et la fourra dans sa poche en disant :
– Je l'étudierai plus tard. En attendant, occupons-nous de ce malheureux.

– Ce n'est pas une théorie délirante, protesta Martin. D'ailleurs, je préfère le délire et la curiosité à l'étroitesse d'esprit…

Son père se redressa et le toisa d'un regard sévère :

– Jeune homme, je suis un scientifique et je ne perds pas mon temps à inventer des théories fantastiques chaque fois qu'un incident bizarre se produit. La science est là pour nous sauver des superstitions qui maintiennent l'humanité dans les ténèbres. S'il te plaît, Diana, aide-moi.

chapitre 6

La fin d'après-midi n'avait pas été facile. Le garde forestier n'était pas sorti de son évanouissement. Il délirait et réagissait comme s'il voyait encore la créature devant lui. Le moindre bruit venu de la forêt le terrifiait. Il avait fallu beaucoup de temps pour joindre les secours par radio et ils arrivèrent seulement à la tombée de la nuit.

À la lueur des gyrophares, Harry regardait le pauvre homme allongé sur la civière. Le sauveteur expliqua :
– Voilà trois jours que le camp de base des gardes forestiers était sans nouvelles de lui. Nous nous demandions ce qui lui était arrivé. On dirait qu'il a été attaqué par une bête sauvage, elle devait être sacrément grosse...
– À mon avis, fit Harry, c'est une race d'ours rarissime, peut-être même inconnue...
– Eh bien, répondit le sauveteur, je ne suis pas pressé de le rencontrer, ou alors au zoo derrière des grilles super-solides !

Le père sourit et les aida à charger le blessé.
– Attachez-le bien, recommanda-t-il, sinon, vu l'état du chemin et ses mouve-

ments incontrôlables, vous le perdrez dans quelques mètres... Bon retour !

Le sauveteur fit un signe d'adieu et le véhicule démarra.

Martin et Diana étaient assis près du feu. Les flammes montaient dans la nuit, projetant leurs ombres sur les arbres en bordure de clairière. Au loin, une chouette hululait.

Martin observait son père qui fouillait dans son matériel. Il le vit prendre un petit magnétophone et une antenne parabolique miniature puis revenir vers eux.
– Je vais aller enregistrer quelques cris d'animaux nocturnes. Martin, tu viens avec moi ?
– Non, merci.

La tension entre le père et le fils était palpable. Résigné, Harry disparut dans la forêt. Martin se tourna vers sa sœur et, avec une mine attristée, lui confia :
– J'ai combattu les arbres démoniaques, j'ai vaincu les créatures des marais, j'ai osé défier la reine des insectes aliens cracheurs d'acide, et je ne peux rien dire de tout cela à mon propre père parce que le Centre doit rester top secret. Il me prendra toujours pour un gamin…
– Je sais, Martin, je suis désolée.

Le jeune homme releva la tête et regarda sa sœur dans les yeux :
– J'aurais voulu être comme toi, Diana, un petit génie…
– Tu parles d'un génie ! Je ne suis même pas fichue de gagner aux jeux vidéo !
– Je suis sérieux, Diana. Si j'avais un esprit un peu plus scientifique, un peu

plus rationnel, alors Papa serait peut-être fier de moi...

Soudain, un hurlement étrange monta dans la nuit.
– Qu'est-ce que c'est ? demanda Diana, inquiète.
– Je ne sais pas, mais c'est effrayant.
– On dirait le cri dont parlait le garde forestier...
Un deuxième cri mystérieux résonna dans la forêt. Il fut aussitôt suivi d'un autre qui, lui, était parfaitement identifiable. Martin se leva d'un bond.
– C'est Papa, cette créature s'en prend à lui !
Il se précipita aussitôt vers la forêt.

chapitre 7

Entre les grands arbres et la végétation touffue, l'obscurité était complète. Les sentiers qu'avait suivis le père de Martin pour aller enregistrer les cris d'animaux s'arrêtaient quelques mètres au-delà du campement.

Comme si une menace avait plané sur les environs, les oiseaux nocturnes s'étaient tus. Diana suivait son frère. Chaque ombre d'arbre évoquait un monstre prêt à se jeter sur eux.

– Papa, où es-tu ? appela-t-elle dans la nuit.

– Silence ! coupa Martin. Écoute, j'ai l'impression que quelque chose est traîné dans les feuilles...

– Mon Dieu, c'est épouvantable, Martin ! Cette chose a sûrement capturé Papa...

– Bien raisonné, sœurette, à moins qu'elle ne pousse ce genre de cri parce qu'elle a vu une araignée !

– Comment peux-tu faire de l'humour alors que Papa est en danger ?

– OK ! Suis-moi, je crois que les bruits viennent de par-là...

Martin s'élança entre les arbres. Il était certain d'aller dans la bonne direction. Avec agilité, il se frayait un chemin dans

la nuit. Diana le suivait avec plus de difficulté. Lorsqu'ils traversèrent une clairière, essoufflée, elle rattrapa son frère :
– Martin, il fait trop noir, on risque de se perdre…
– Pas assez de lumière, tu as raison…

Sans perdre une seconde, Martin ramassa une branche et s'approcha d'un tronc d'arbre. Il commença à retirer des languettes d'écorce.
– Tu es sûr que ça va, Martin ?

Sans répondre, le jeune homme les enroula autour de sa branche et sortit un briquet de sa poche. Il enflamma les bandes d'écorce et une douce lueur illumina la nuit.
– Rien de tel que les bons vieux trucs ! déclara-t-il, satisfait.

Malgré son inquiétude, Diana sourit.
– Martin, tu crois que Papa est en danger?
– Le garde forestier est resté prisonnier de cette créature pendant trois jours. Il a eu la trouille de sa vie, mais il n'a pas de blessure grave. Je pense que nous avons encore un peu de temps devant nous... Hé, regarde ça!

Martin avait repéré un objet sur le sol.
– C'est l'antenne parabolique de Papa, celle qui lui sert à enregistrer les cris d'animaux. Et là, son magnétophone!
– Il est donc bien passé par ici...
Martin replia la petite antenne et la glissa dans sa poche avec l'appareil d'enregistrement. Les deux jeunes gens reprirent leur marche.

Martin se fiait à son instinct et suivait la direction des bruits qu'il avait entendus. De temps en temps, il remarquait des branches cassées au ras du sol, comme si on avait traîné quelque chose…

– Là, devant ! s'écria soudain Diana.

Martin releva les yeux. Ils étaient arrivés dans un camp abandonné. Une cabane en bois tombait en ruine. Le toit était crevé, et tout autour il y avait de vieux meubles fracassés.

– Sûrement un abri de bûcherons, commenta Diana.
– Plutôt de mineurs, précisa Martin. Regarde, on dirait l'entrée d'une grotte, là-bas derrière…

Diana frissonna : l'endroit était sinistre. Martin allait inspecter l'entrée de la grotte lorsqu'un effroyable hurlement monta dans la nuit. Il venait juste de derrière eux !
Martin fit volte-face.
– C'était quoi, ce truc ? s'écria Diana, affolée.
– Je n'en sais rien, mais…
Martin n'acheva pas sa phrase. Il aperçut une masse immense qui fonçait vers eux, et l'épouvantable cri retentit à nouveau. Cette fois, il était accompagné d'une onde bleue qui les projeta contre les rochers. Les deux jeunes gens s'écrasèrent

comme des poupées de chiffon dans la poussière.

Martin, sonné par l'impact, essaya d'aider sa sœur.
– Diana, articula-t-il d'une voix faible, bouche-toi les oreilles…

Le hurlement monta une fois encore, plus puissant. Martin sentit son esprit vaciller, il retomba lourdement sur le dos. La dernière chose qu'il vit avant de s'évanouir fut une bête énorme avec une tête cauchemardesque et des bras immenses près de s'emparer de lui…

chapitre 8

Lorsqu'il reprit connaissance, Martin s'aperçut qu'il était suspendu par les pieds. Il entrouvrit les yeux et découvrit avec horreur que sa sœur, son père et lui-même étaient prisonniers au fond d'une immense grotte, accrochés comme des jambons.

Martin se balança légèrement :

– Papa, Diana, réveillez-vous !

Lentement, le père et la fille reprirent leurs esprits.

– Dites-moi que c'est un cauchemar et que je vais me réveiller ! gémit Diana.
– Tu es réveillée, répondit Martin, et c'est un cauchemar.
Harry tenta d'évaluer la situation :
– Bon, d'accord, fit-il, cette bestiole géante n'est peut-être pas un Selenarctus africanus...
Diana intervint :
– Et si on attendait d'être tirés d'affaire avant de reprendre le débat ?
Sûr de lui, Martin déclara :
– C'est un « Syntho ».
– Un quoi ? demanda le père.
– Une créature synthétisée à partir de gènes humains et extraterrestres.
– Martin, je t'en prie, mon garçon. Ce n'est vraiment pas le moment.
En se contorsionnant, Martin arriva à désigner quelques peintures grossières réalisées sur les parois de la grotte.

– Regarde là-bas, Papa, et juge par toi-même.

Sur la roche, tracé par des doigts assez grossiers, on distinguait un engin spatial dans un paysage glaciaire, entouré d'hommes vêtus de peaux de bêtes. Plus loin, des extraterrestres entraînaient des hommes dans leur vaisseau. Le dernier dessin montrait une créature nouvelle qui ressortait de l'engin spatial…

– Il a sûrement été abandonné par ses créateurs il y a des milliers d'années et a dû vivre caché dans cette grotte jusqu'à ce que des mineurs le débusquent…

Même la tête à l'envers, l'abattement se lisait sur le visage du père.

– Tout cela me paraît délirant, déclara-t-il, mais je ne peux pas nier l'évidence.

Dis-moi, Martin, d'où connais-tu cette créature, ce... Syntho ?
– Papa, j'ai quelque chose à t'avouer. Diana et moi...

Diana lui coupa brutalement la parole :
– Ce que Martin veut te dire, c'est que nous avons tous les deux choisi des options facultatives assez surprenantes à Torrington.
Leur père haussa un sourcil et fixa son fils.
– C'est étrange ce que l'on enseigne dans les universités, de nos jours... mais j'admets que tu sembles être calé sur le sujet.
Martin rougit de plaisir.
– Bon, c'est pas tout ça, enchaîna son père, mais comment on sort d'ici ?

Martin étudia l'espèce de glu qui les retenait par les pieds au plafond.

– Dans le genre colle biologique, je n'ai jamais rien vu d'aussi visqueux.

Il tira sur ses jambes de toutes ses forces.

– On va avoir du mal à s'en défaire, commenta Harry.

Le cri du Syntho résonna dans la grotte. Diana déclara :

– Et moi, dans le genre hurlement de monstre, je n'ai jamais rien entendu de pire !

La bête entra dans la salle. Pour la première fois, les trois prisonniers avaient le temps de l'observer.

– C'est vraiment une créature horrible, dit Harry à voix basse.

– Sauf pour ceux qui aiment les bestioles molles avec trois rangées de dents et des mini-tentacules tout autour de la bouche, ironisa Martin.

Le Syntho traînait de grandes branches derrière lui. En grognant, il commença à les déchiqueter.
– C'est atroce, murmura Diana, regardez comment il les détruit... Je n'ose pas imaginer ce qu'il ferait de nous.
La bête poussa un râle et laissa tomber sa branche pour se tenir le ventre.
– Qu'est-ce qu'il a ? demanda Diana.
– Je crois qu'il a faim, répondit Martin.

Diana regarda la créature de plus près.
– Papa, Martin, je crois que je comprends... Les branches, c'est la même chose que pour les oiseaux : elle fait son nid. Elle attend un bébé. Et le petit va avoir besoin de nourriture...
Le – ou plutôt la – Syntho grogna encore plus fort et recula jusqu'à s'appuyer contre la paroi rocheuse. En titubant, le monstre entra dans un tunnel et

disparut. Le bruit de ses pas lourds s'éloigna ainsi que ses gémissements.
– Tu crois que nous sommes ici pour servir de premier repas à « l'enfant » ? questionna le père, horrifié.
– Je n'ai pas l'intention d'attendre pour le savoir, répliqua Martin en défaisant ses chaussures.

À peine les lacets dénoués, ses pieds libérés, il se laissa tomber et se rétablit facilement. Diana l'imita aussitôt, mais leur père atterrit sur la tête.
– Ça va, rien de cassé ? demanda le fils en l'aidant à se relever.
Un long cri résonna dans la caverne, que l'écho répéta jusqu'à le rendre insupportable.
– Ne traînons pas ici ! lança Harry.
Au même instant, le Syntho sortit du tunnel.

– Toujours aussi sale mine, constata Diana.
Un petit Syntho surgit à son tour.
– C'est incroyable ! s'exclama Martin, livide. Quel merveilleux bébé, et il est aussi laid que sa mère !
Un deuxième petit monstre fit son apparition.
Diana sentit la panique l'envahir. Martin ajouta :

– Des jumeaux, félicitations, madame, nous allons vous laisser vivre en famille ce grand moment.

Martin jeta un coup d'œil à sa sœur et à son père, et ils détalèrent à toutes jambes par un autre tunnel. Mais la bête n'était pas décidée à laisser s'enfuir le repas de ses petits. Elle les prit aussitôt en chasse.
– Il faut trouver la sortie ! cria le père.
– Voilà une excellente idée à laquelle personne n'avait pensé, ironisa Martin.

Les trois fugitifs couraient aussi vite qu'ils le pouvaient. Ils remontaient les galeries souterraines en espérant que le Syntho n'aurait pas la force de les rattraper. Ils arrivèrent à un embranchement.
– Gauche ou droite ? interrogea Harry, alors que les grondements de la bête se rapprochaient dangereusement.

– À droite, trancha Martin avec assurance.
– Tu en es sûr ?
Le jeune homme pointa un doigt vers la voûte et répondit :
– Il suffit de suivre les courants d'air. Regarde cette poussière, elle aussi cherche la sortie.
– On ferait mieux de se dépêcher, sinon c'est nous qui allons finir en poussière, déclara Diana.

Les trois fuyards reprirent leur course.
– Regardez, triompha Martin, droit devant, la lumière du jour !
La petite famille déboucha bientôt au grand air.
– Nous avons réussi ! s'exclama Diana, trop heureuse. Nous n'avons plus qu'à retourner au camp et à filer d'ici pour toujours !

Ils s'apprêtaient à repartir quand ils eurent la désagréable surprise de découvrir que le monstre les avait doublés, sans doute en passant par un autre tunnel, et qu'il se dressait devant eux…
– Et maintenant, ils sont trois ! se lamenta le père.

Le Syntho, flanqué de ses deux petits, s'avançait vers eux avec un air encore plus menaçant qu'auparavant.
– Deux solutions, analysa le père avec sa rigueur habituelle. Soit nous retournons dans la grotte et cette chose finira par nous coincer, soit nous nous jetons sur elle…
– Et elle nous coincera tout de suite ! lança Diana en tremblant.
– Il y a peut-être un autre moyen… dit Martin en fouillant dans sa poche.

La bête avançait toujours vers eux. Cette fois, son cri se modifiait. La créature se préparait à engendrer cette étrange onde bleue qui faisait l'effet d'une bombe.
– Réfugiez-vous derrière ce rocher ! hurla Martin en sortant de sa poche la mini-antenne parabolique et le magnétophone de son père.
Il brancha rapidement l'antenne sur le magnétophone et les dirigea vers le Syntho qui commençait à hurler. La vague sonore balaya les petites pierres et fit tanguer les arbres. L'ancien camp ressemblait à un champ de bataille. Martin enregistrait les hurlements en essayant de se protéger les oreilles.

Juste au-dessus d'eux, une branche céda.
– Attention ! s'écria Martin en repoussant Diana. Les deux jeunes gens évitèrent

la branche, mais pas leur père, qui la reçut droit sur le crâne. Il s'écroula, inconscient, aux pieds de son fils.
Pendant que le Syntho reprenait son souffle, Martin inversa le bouton du magnétophone.
– Cette fois, c'est mon tour ! lança-t-il au monstre.
Il tendit son bras pour diffuser l'enregistrement en direction des trois créatures.
– On va voir si cela vous fait le même effet !

À peine le cri s'échappa-t-il de l'appareil que les petits se cachèrent derrière leur maman. L'immense bête recula en titubant.
– Repoussons-les à l'intérieur de la grotte, fit Martin.
Armé de l'enregistrement qui passait en boucle, Martin contre-attaquait. Les trois monstres fuyaient lourdement. Ils se

réfugièrent dans la grotte. La puissance des ondes faisait vibrer le sol... Soudain, les parois de la cavité se couvrirent de fissures. Alors que le sol tremblait de plus en plus, de gros blocs de rocher se détachèrent du plafond et s'écroulèrent sur le sol, bouchant l'entrée et emprisonnant le Syntho.

Dans un fracas de tonnerre, un dernier éboulement acheva de sceller la prison des créatures.
Martin arrêta l'appareil de son père.
– Ça va, Diana, pas de dégâts ?
– Tout va bien, je vais m'occuper de Papa.

Un grondement d'un autre genre retentit soudain.
– C'est peut-être un tremblement de terre ! s'exclama Martin.

Diana désigna le ciel.
– Un hélicoptère ! s'écria Martin.
Sa surprise fut encore plus grande lorsque, à travers les vitres, il reconnut Mom et Java. L'appareil se posa dans les ruines du camp et la porte latérale s'ouvrit. Mom sauta à terre et déclara :
– Nous avons appris que vous étiez en difficulté. Nous sommes venus aussi vite que possible.
– Comment êtes-vous au courant ? s'étonna Martin.

Java descendit à son tour et expliqua :
– Quand Java resté seul au Centre, Billy et Mom lui confier boulot très intéressant. Java devoir nettoyer toilettes et classer papiers. Quand Java ouvrir une porte, Java découvrir milliers d'écrans de surveillance. Certains montrer images de vous dans le danger. Java intervenir...

Martin ouvrit de grands yeux :

– Une salle pour espionner les agents, c'est bien ça ?

Mom eut une petite toux gênée et répliqua :

– Java imagine parfois des choses, vous savez... Et pour ce qui est du monstre, ne vous en faites pas.

– Elle voulait seulement protéger ses petits, dit Diana.

– Nous allons la transférer dans une zone où elle sera en sécurité et plus heureuse, assura Mom.

La patronne du Centre jeta un coup d'œil vers le rocher derrière lequel Harry gisait, toujours inconscient.

– Je crois qu'il va bientôt reprendre ses esprits, déclara-t-elle. Nous ferions mieux de disparaître.

Elle sauta dans l'hélicoptère, bientôt rejointe par Java.

– Bonne fin de vacances, je vous attends lundi au bureau ! hurla-t-elle dans le vacarme de l'engin qui décollait.

Quelques instants plus tard, il ne restait plus qu'un épais nuage de poussière au-dessus du camp dévasté.

– Oh là là, ma tête ! grogna Harry en se relevant.

Diana se précipita vers lui.

– Papa, tu vas bien ? s'inquiéta-t-elle.

– J'ai l'impression d'avoir pris un bon coup de marteau...

– Tu aurais dû voir, Martin nous a sauvé la vie !

– Je n'ai pas besoin de le voir pour le croire. Malgré tous les problèmes que ce petit séjour nous a causés, je ne retiens qu'une seule chose : même si je trouve parfois mon fils un peu étrange, je suis fier de lui.

Diana sauta de joie et entoura de ses bras les deux hommes. Harry reprit :
– Que diriez-vous de finir les vacances dans un hôtel cinq étoiles, le long d'une plage de sable blanc, à l'ombre des cocotiers ?
– Tant pis pour les techniques de survie en milieu hostile ! s'exclama Martin. Je jouerai les aventuriers au bord de la piscine, au milieu de superbes amazones en bikini !

Harry éclata de rire :
– Eh bien, c'est du joli ! Mais sérieusement, Martin, tu n'as pas encore l'âge de t'intéresser aux filles, n'est-ce pas ?
– Papa, toi et moi, il va falloir qu'on ait une bonne discussion !

Dans la même collection

Achevé d'imprimer en France
en avril 2008
par Pollina, 85400 Luçon
n° L46619

Dépôt légal : janvier 2007
Suite du premier tirage : mars 2008